프랑스 스케치

sempé
프랑스 스케치

장자크 상페

열린책들

UN PEU DE LA FRANCE
by
JEAN-JACQUES SEMPÉ

이 책은 실로 꿰매어 제본하는 정통적인 사철 방식으로 만들어졌습니다.
사철 방식으로 제본된 책은 오랫동안 보관해도 손상되지 않습니다.

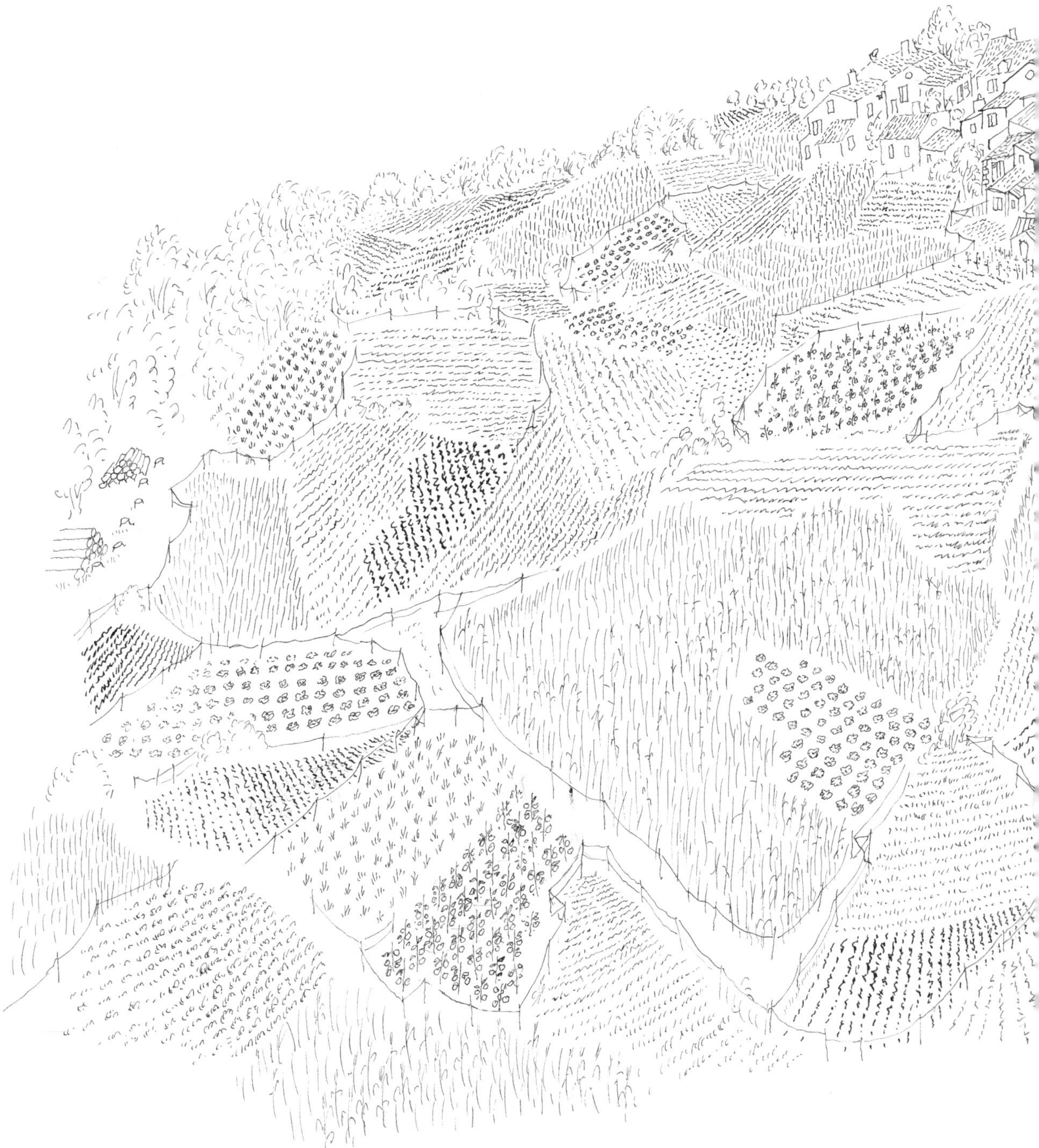

APERITIF
BYRRH

CHAMBRES
D'HÔTES

1380

DEFEN

ETS POULIQUIN
D'AFFICHER
CGT
FO

Château Grand Caillol 1912

LE VENTOUX

CHEZ
MARION

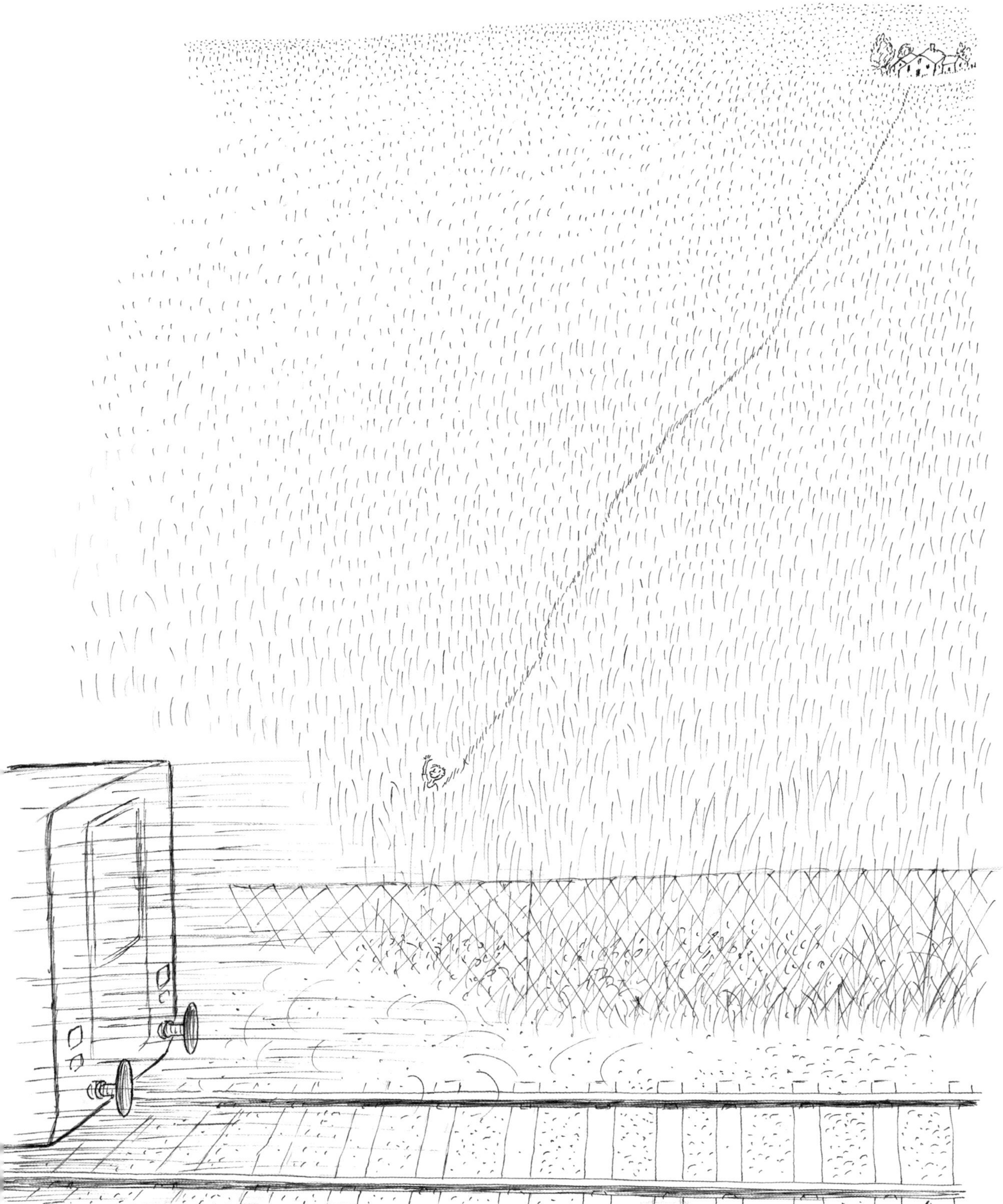
sempé

APERITIF
GARAGE
GARAGE
P. POUGNAC

BOUCHERIE J.POLIN

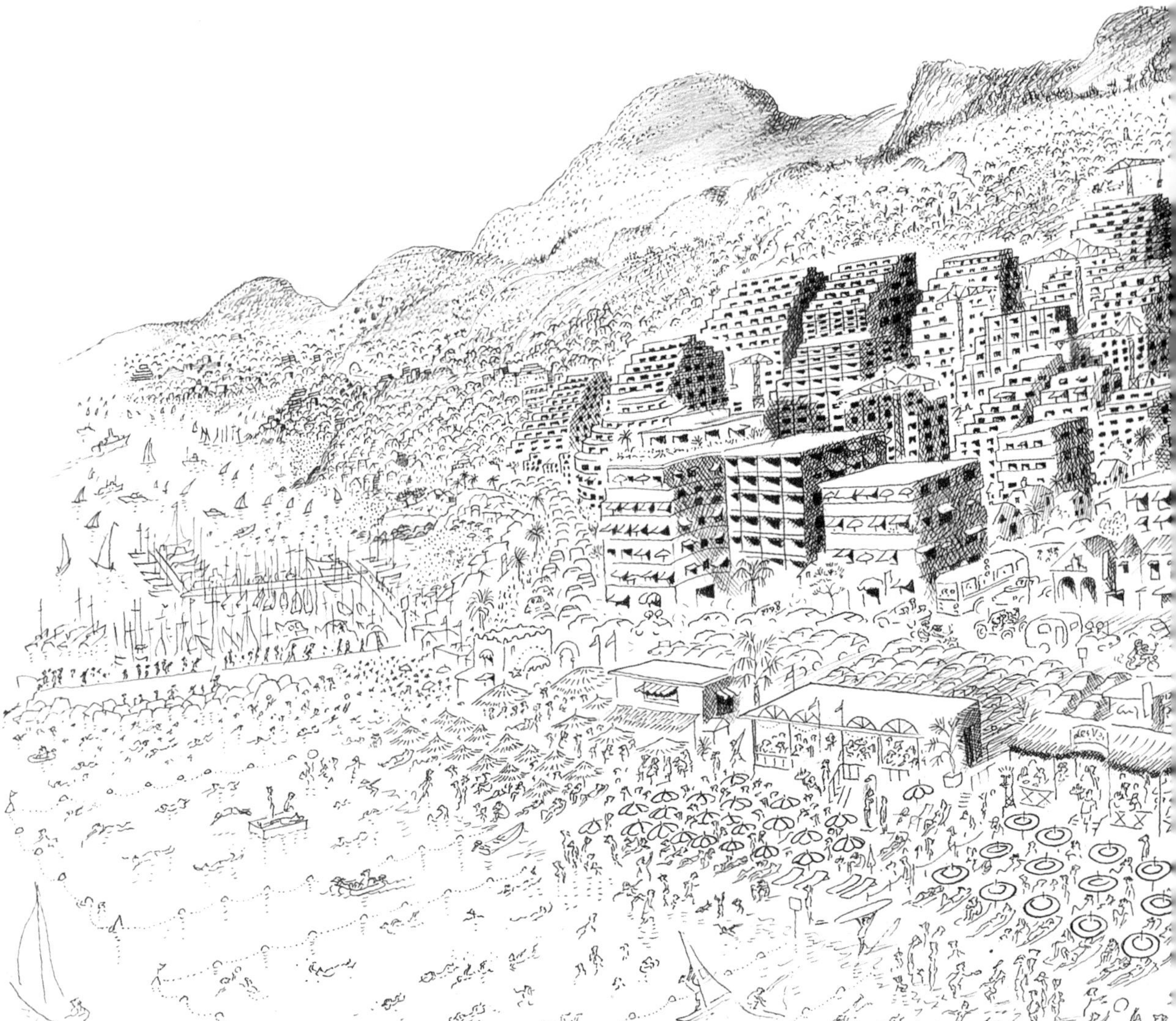

PLEIN SUD
Sempé.

HOTEL BEAUSEJOUR

DIMANCHE 21 A 15h
A.S. CASTELON
CONTRE
A.S. MONFORTIN
BILLETS

PATISSERIE

CARMEN
15h

JOUR ET NUIT
JOUR ET NUIT
sempé.

UNIVERSITE D'ETE DU PARTI
CONCERTATION
SECTION RHONE ALPES

UNION

LA SEMAINE FOLLE
TOP
TOP NEW
CONFORA
- 10%
SUPER PLUS
GEANT
- 5%
LA SEMAINE FOLLE
BRICOLO
P

CHAMPAGNE

SKI
ECOLE
JULES FERRY

séduite
Séduisante
1914 - 1918
1939 - 1945

MAIRIE
LIBERTE EGALITE FRATERNITE
NON